조국형
시집

어머니 어머니 어머니

조국형
시집

도서
출판 북인

2019

시인의 말

자랑할 것도 아닙니다.
빼어난 글도 아닙니다.
중도장애인 아들로 인해 가슴앓이 하는
어머니께 드리고 싶었습니다.
선생님의 권유로 용기를 내었습니다.
장애인도 시를 통해
자신을 돌아보고
이웃을 돌아보고
마음을 나누며
치유될 수 있다는 것을
보여주고 싶었습니다.
이것이 감사라는 것을 감사드립니다.

2019년 가을 탄현동에서

|차|례|

1부

전복을 먹다가

초대받지 않은 모래 한 알
생살을 뚫고 자리를 잡는다
침입자를 몰아내지 못하고
예고 없는 눈물로 핥고 또 핥는다

사고에 휠체어 신세
지난 세월의 끈을 놓지 못한다
감정이 소용돌이처럼 휠체어를 뒤흔든다
마디마디 옹이를 낳는다

하찮은 모래 한 알
조개의 사랑으로
4월의 보석이 된다

나약하고 보잘것없는 휠체어 인생도
그 분으로 인하여
그 분으로 인하여
새 빛이다

멋진 놈

내 큰소리에
화들짝 놀란 손이 휠체어를 끌고
밖으로 나간다
내가 끌려나간다
헛된 일에
입은 쏟아놓을 것이
아직도 많이 있다고
목을 젖히며 독침을 날린다

독침은 부메랑이 되어
나를 찌른다
혀는 입천장에 붙어
신음소리도 내지 못한다
마음이 울부짖는다

욕하면 욕먹지요
때리면 맞지요
죽어야 한다면 죽지요
누가 말하든지 넉넉히 들어주고
혀의 다툼을 제발 멈추게 하소서

다지고 또 다지고 다져보았지만
오늘도
잘난 척하기는 매한가지
우쭐대지 마라
이 못난 놈

괜찮아

나를 포장하고 지켜주던
금은보화 다 날아가고
휠체어에 남은 빈 껍데기
나의 슬픔을
외로움을 나누고 싶은데
아무도 찾아오지 않는다
어디로 갔나
앞서고 뒤따르던 친구들
의미도 없이
뜻도 없이
사치와 술 향이 질탕할 때
다정하던 친구들 어디로 갔나
혹시 찾아오려나
이름을 불러본다
오늘도 종일토록 벨 소리만 기다린다

저들이 나를 깡그리 잊어도 괜찮아
지난 모든 기억들을 지워버리자
고독의 속앓이를 끝내고
상처마다 새살을 채우자

욕심도 버리고
미움도 버리자
번민과 우울을 박차고
삶의 향기 가득한 곳으로 가자
생명이 있는
나를 다시 뜀박질하게 할 사랑을 찾아서

나는 나를 써보렵니다

당신을 기쁘게 하기 위해
육중한 전동 휠체어를 강의실 앞자리로 전진
자세도 바르게
눈망울도 초롱초롱
귀도 쫑긋
당신과 나를 사랑하는 마음으로
나는 이제 살아 있는
글쓰기를 하렵니다

당신을 사랑하는 나는
꽃처럼 다시 피어나기 위해
거추장스럽고 무거운 옷을 벗으렵니다

마음을 괴롭히고 아프게 하던
상처투성이 속살의 나를
기대하면서
부끄러워하면서
솔직히 써보렵니다
당신과 나의 생활을
내일을

사랑을

속삭이듯

쓰고 또 써보렵니다

기도

내 나이 육십
서른아홉 사고 후 지금까지
무엇을 했나
찾고 싶고
되돌리고 싶다
기억이 희미하다

내가 내 안에 갇혀
불평하고
다투고
참견하고
내 자신만 내세우고
고집스럽게 살아왔다

내 생각 중요하듯
다른 사람 생각도 중요하다고
상처 주는 혀놀림 아닌
생명을 구하는 참된 소리로
행복을 나누고
기쁨을 함께하고

하루하루 꾸준히 고쳐나가기 위해
아주 작은 것이라도 감사하고
겸손을 심자

부끄럽고 안타까운 나의 억지가
석류 알처럼 빛나고
새콤달콤한 사랑으로 가득차길
기도한다

처마 밑에서

아직
코끝에 칼바람이 스쳐지나가는
이월 어느 오후
눈부신 햇살이
무거운 설움에 지친
나를 부른다
양지바른 처마 밑에
휠체어를 맡긴 채
햇살의 따스함에 봄을 품고
돌같이 단단한 마음을 벌려놓는다
똑
똑
똑
무릎 위로 눈물이
똑
똑
똑
빛나는 햇살은 내 마음을 녹이고
지붕 위의 눈도 녹여준다
혹독한 시련을 잘도 견뎌준 지붕 위의 눈이

생명을 받고 눈물을 흘린다
똑 똑 똑 똑도도도독 주르륵
생명의 찬가
새 봄의 향연이 흐른다

휠체어가 춤춘다

비릿한 갯내음이 바다를 연다
동혁 계원 분선씨 그리고 나는
어두컴컴한 길을 가로질러간다
바닷가에 웬 엘리베이터
나를 안은 휠체어가 엘리베이터를 탄다
문이 열리자
휘이—익 손님맞이가 사납다
철썩 쏴—아 파도소리 가득한 바다가
왈칵 나를 끌어안는다
나도 엉성한 두 팔을 벌린다
신선노름이 이런 걸까
바다 가운데 길게 이어진 사랑의 다리
고마움이 쌓여 있는 돌길을 걷는다
해보다 먼저 온 휠체어들 영금정에 자리잡는다
어둠을 가르는 수평선 안으로
만선 깃발 나부끼는 고깃배 춤을 춘다
불덩이가 물을 박차고 솟구쳐오른다
금가루 같은 빗살이 영금정으로 쏟아진다
마비된 세포들을 찌른다
원망 불평 두려움 미움이 녹아내린다

하늘이 춤춘다
바다가 춤춘다
휠체어가 춤춘다

소망 중에 씨름한다

전화통을 붙잡는다
기억에 담아둔 숫자를 누른다
윙—
다시 누른다
윙—
또박또박 천천히 누른다
윙—
똑같은 기계의 답
윙—

번갈아가며 찾아왔지
위로해주고 산책도 시켜주던 친구들
어눌한 말을 알아듣지 못해 미안해하던 후배들
하나둘씩 멀어져갔다
금방이라도 달려올 것 같은 기억을
남겨놓은 채 떠났다
과거에 매여 현실에 적응하지 못하는 내게서

쓱— 눈물 닦듯
밀어낸다

상하고 서운한 마음이 눈물처럼
쏟아진다
그래도 밀어낸다

새로운 도전이다
중도장애자의 인생길에서
그 도전이 어떠하든지 멈추지 말자
강하고 능력 있는 손에 붙들려
멋진 꿈을 꾸자
마음을 굳건히 정하고
소망 중에 씨름한다

새벽별

공원 한쪽이 시끌벅적하다
윙— 윙
윙— 윙
시련의 아픔들이 잘려나간다
딱
툭 투둑
죽은 가지
병든 가지
웃자란 가지
밑동 옆으로 수북이 쌓인다
부챗살 같은 햇빛이 나무 사이로
깊숙이 들어온다
끈끈한 눈물을 거두어간다
통증을 잘 참아준 나무들
서로 어깨를 다독이며 위로한다

비스듬히 기울어진 휠체어 인생
힘들다고 손놓고
귀찮아서 외면하다
잡초에 묶여 있다

내 안의 잡초에서 벗어나자
상처가 아물기를 기다리며 위로하는 나무들처럼
아픔 남지 않도록 눈물 닦아주고
끝까지 웃을 수 있도록 허물 덮어주며
함께 가는 장애의 길
새벽별이 되기를 기도한다

내가 바람이었으면 좋겠다

여름수련회 둘째 날 바다를 보자고
숙소를 나온다
코 안테나를 꽂고 달리고 달려
외옹치항에 도착
바다의 발끝이나 봤을까
오솔길도 모래사장도 아닌
나무계단으로 이어진 난간이
휠체어를 가로막는다
이러지도 저러지도 못하고 있을 때
여기까지 와서 그냥 갈 수 없잖아
목사님 네 분이
나와 한몸인 휠체어를 떠메고 계단을 오른다
극구 사양했지만
막무가내 휠체어를 번쩍 들고 계단을 오른다
8월의 태양은 바다를 내 속에 더
가득 채운다
네 분의 등이 흠뻑 젖는다
내 온몸도 땀범벅이다
쌀 한 가마니도 더 되는 나는
쥐구멍이라도 있으면 들어가고 싶다

불어라 바람아
저 땀을 모두 날려버릴 바람아 불어라
아니 내가 바람이었으면 좋겠다
내가 나를 둘러맬 수 있다면 좋겠다

무수히 찍힐지라도

쇠도끼가 내 두 다리를 찍어버리고
전기톱의 소름 돋는 소리가
혀를 갈라놓았다

걷고
말하는 능력을
잃어버린 내 육신
밤마다 별을 따듯
꿈을 부른다

주일날
아낌없이 주는 나무 이야기가
새롭게 가슴을 두드렸다
쉴 만한 그늘도 사라지고
다 잘려나갔지만
마지막 남은
밑동의 쓸쓸함과 쓸모없음이
아닌
그 밑동의 끈질긴 생명력과 배려까지
내 심장과 이성을 흔들었다

다짐해본다
제멋대로 흔들리는 두 손을
거듭 모아본다
아낌없이 주는 나무처럼
겉으로 내놓을 것은 하나도 없지만
나는
전동휠체어 시인이 되어
그늘이 되고
시원한 바람이 되리라

새벽예배 가는 휠체어

새벽기도를 간다
잠이 덜 깬 휠체어가 잠꼬대하듯
지그재그로 굴러간다
새벽은 참 싱그럽다
휠체어도 싫지 않은지 가볍게 굴러간다

183센티미터의 키는
휠체어 키가 되었다
굼벵이처럼 구르는 재주도 없는 몸뚱이
초점 잃은 눈동자
내가 사오정인가
입만 열면 사오정 나방 같은 짐승소리가 나니
지나가는 참새도 화들짝 놀란다

예배당에서 손을 모은다
치유의 손이 내 손을 잡는다
겨울바위처럼 웅크린 마음이 기지개를 켠다
비둘기의 푸른 걸음으로 예배당 문을 여니
아버지 같은 아침 해가 나를 반긴다

굼벵이는 구르는 재주가 있어 좋고
내게는 생각을 그릴 수 있는 달란트가 있으니
어찌 아니 좋은가

2부

우박

소리도 시끄러운 것이
얼음덩이 업고 달린다
우르르
꽝 꽝
후두둑
천둥소리에 비닐하우스는
폭삭 주저앉고
꿈에 부푼 마을은
발가벗겨진 채
구슬피 운다
사과나무 배나무 밑에
아기사과 아기배가
수북하다
휠체어 위
늘어진 팔다리가
꿈틀거린다

꿈꾸는 한여름 날

긴장의 연속이다
오늘은 몇 도나 끓어오를까
후끈 달아오른 삼복
애먼 선풍기만 채찍질한다

커튼은 비치파라솔
얼음 둥둥 띄워놓은 고무통은 미니 수영장
머릿결 사이로 지나가는 미풍
멋진 바캉스를 꿈꾼다

휠체어와 함께 처음 타는 비행기
번거로움까지도 기분을 들뜨게 한다
이륙인가
착륙인가
이글거리는 햇덩이를 끌어안고
쭉쭉 뻗어 오른 야자나무
해를 통째로 삼킨 바다는 목젖이 뜨겁다
불타는 바다를 지켜보는
돌하르방이 배꼽을 잡는다
생머리 아내 같은 올레길이 손짓하며 다가온다

빛바랜 제주 사진 속에 내가 있다

휠체어도 엿가락처럼 늘어지게 끓는 여름
호수공원 연꽃의 부드러운 향기로 마음을 달래고
오색찬란한 분수 쇼 물보라로
한여름 더위를 날린다

나는 봄총각

손가락 끝에 봄이 묻는다
경칩이 지나자
여기저기서 기지개를 켠다
산수유가
손톱보다 작은 노란 손가락을 꼼지락거리며
아는 척한다
햇살이 봄을 더욱 부풀린다
뾰족이 얼굴 내민 잎들이
연초록 옷을 입고 살랑거린다
길 따라 정을 만들어간다
초록 띠를 따라
나도 정을 나눈다
내 마음도 뾰족뾰족 부풀어오른다
성급한 콧망울이 킁킁거린다
봄처녀 찾아 네 바퀴 싱글싱글 굴러간다

신문을 뒤적이다

묵은 원시림의 숲이
나를 부른다
장수풍뎅이 보러갈까
들메나무 삼림욕을 할까
초록이 뒤덮인 숲속
마음 급한 내 휠체어는
신문 속 아이가 되어
날아간다

청년이 된 아가가 눈으로 말한다

파아란 하늘가
여름을 보내기 아쉬운 듯
장미는 잔잔한 꽃송이를 마구마구 올린다
물보라 피우는 호숫가 풍경이 다채롭다
뒤뚱거리는 아가 꽁무니 쫓으며 사진 뽑아내는 아빠
장미꽃보다 아가가 더 예쁘다고 찰칵대는 엄마
아들딸 뒤에 싣고 박자 맞춰 페달 밟는 아빠엄마
지칠 줄 모르고 잔디 위에서 재주부리는 개구쟁이
풍선마술 보며 손뼉 치는 아이들의 해맑은 눈동자
그 속에서 아빠와 놀아본 적 없는 청년의 눈과
마주친다

아빠 괜찮아요
우리는 괜찮아요
놀이동산에 가지 않았어도
목마를 태워주지 않았어도
같이 자전거를 타지 못했어도
괜찮아요
휠체어 탄 아빠로 왔지만
우리 곁에 있어 감사해요

정말 감사해요
청년이 되어버린 아가의 눈이
감사하다고 말한다

평행봉을 붙잡고 하루를 그린다

평행봉 걷기 연습하다가
창밖을 보니
양동이 비가 퍼붓고
바람은 나무들을 부추겨
머리채를 잡고 싸움질을 하게 한다

어느새
내 마음 속으로 들어온 저 나무들의 싸움
나는 지금 평행봉 걷기를
해야 하나, 말아야 하나
꼼짝도 못하고 있다
평행봉에서 손을 놓는 순간
나는 뿌리 없는 나무토막에 불과한 걸

수도 없이 바람에게 잡아먹히는
저 나무들의 희망
내게도 그런 희망 있었다
매의 날개바람에도
뒷다리를 끌어당기는 토끼 한 마리가 되어버린 나는
지금도 평행봉을 붙잡고 하루를 그린다

가족들의 든든한 울타리가 되고 싶었는데

끝까지 사랑한다

책갈피 속에 멈춰 있는 지난 이십 년
잃어버린 감각
잃어버린 추억
잃어버린 사랑
무주 구천동 계곡에 내 발과 함께 있다
사진 속 발가락이 꼼지락거린다
찌릿찌릿 전기가 통한다
걷고 싶다
다시 그 계곡에 아들과 딸과 발을 나란히하고 싶다
흘러간 시간 되돌릴 수 없지만
멈추고 싶지 않아
네 바퀴로 걷는다
갈급한 목마름
광야 한가운데 서 있지만
발가락 끝에 집중된 감각
온몸으로 굴린다

놓쳐버린 붕어빵 때문에

햇살에 발가벗긴 갈잎 한 장
숨길 수 없는 뼈 속 깊은 상처
드러내고
잡았다 놓쳐버린 붕어빵
하나에
평정심 잃어버린 나
버럭 파르르
버럭 파르르
허공에 매달린 채
통곡한다

햇살에 발가벗긴 갈 잎 한 장 같은 나
떨고 있다

전동 휠체어

고놈, 키도 크고 참 잘생겼다
고놈만 있으면
호수공원 복지관 자립생활센터 백화점
어디든지 갈 수 있지
'통제가 안 되는 손으로? 주변을 살피지도 못하잖아.'

거실과 방을 도로 삼아
전진 쿵
후진 쾅
빙글빙글 덜커
문이고 벽이고 상처만 남긴다

그래도
보무步武도 당당하게 밖으로 향해 간다
그러나
유혹과 두려움에 조정기만 만지작거린다
보조 바퀴의 도움으로 조금씩 조금씩 밀어본다
'와, 된다. 돼!'
리프트에도 오르고
구부러진 길에 턱이 있어도

달려간다

꿈을 안고 저 고봉산을 넘어
힘차게 날아가는 비둘기처럼
달려간다

새하얀 눈밭을 바라보며

밤새 내린 눈
아파트 자동차 모든 물상을 삼켜버렸다
나무들은 눈부시도록 흰 옷을 입었고
두 팔을 늘어뜨린 휠체어
가파른 언덕에 서서
언 발을 동동거린다

동네 아이들 모두 나와
썰매 탈 때
손에 손 잡고 굴러떨어지는 아이들
웃음소리 데구루루 굴러
땅바닥에 반짝인다

미끄러지고 넘어지고
눈밭에 벌렁 드러누워
하늘을 끌어안고
언 손 호호 불면서
자지러지게 웃던
유년의 내 모습을
창밖 눈 속에서 찾는다

눈밭에서 뛰놀던 기억들
휠체어에 앉은 오십대 중년의 눈시울이
부석부석해진다

벽초지 우편함

누구를 기다리는가

빨간 립스틱 바르고

우두커니 서 있는

여인

오래 전 집 나간

나를 기다리는가

비우고 나니

비우고 나니
밤하늘이 보인다

별이 속삭인다
별이 날아간다

그대 있는 아름다운 밤
별이 빛난다

나를 떠난 별이 더욱 그립다

3부

삼대

어서들 가
아빠가 먼저 가세요
너희가 먼저 가
등 보이는 것이 싫어서요
그러면 같이 돌아서요
그럴까
한 걸음 두 걸음
발길을 멈춘다
아이들을 찾는다
자석에 끌린 듯
뻣뻣하게
개찰구를 빠져나가고 있다
나야 나
내가 그랬지
꼭 저랬지
아버지 죄송합니다

자식이 뭔지

"애, 발가락 펴, 펴라구"
뒤뚱거리며 수영장 속으로 들어가는
지체지적장애 딸 등 뒤에 대고
"발가락 펴"
물가에 쪼그리고 앉아
"발가락 펴, 피라구"
자신도 모르게 오그라지는 발가락을
엄마는 용서 못하겠다는 듯
"애, 발가락 펴! 피라구"
애끓는다

아버지 오셨어요
죄송합니다
괜찮다
먼 길 힘드시지요
괜찮다 운동은 열심히 하냐
예
어디 아픈 데는 없냐
예 아버지는요
나 갈란다

예 힘드신데 오지 마서요
괜찮다 또 오마
여든여덟 아버지가 쉰여섯 아들 붙잡고
괜찮다 괜찮다
휠체어 놓지 못하고
아버지 갈란다
이제 갈란다
점점 아버지의 말이 오그라든다

내 안에 담는다

탄현역에서 경의선을 탔다
챙이 넓은 노랑모자에 초록 스웨터
헐렁한 꽃무늬 바지에 끈을 질끈 동여맨 운동화
앉은키보다 더 큰 빨간 짐가방을 꽉 잡은 손
여전사 같다
80살쯤 돼보이는 어르신 얼굴이 화사하다
"대단하십니다, 운정역에서 경동시장까지"
"기력 있을 때 다녀야지요"
"이 기차가 경동시장까지 갑니까"
"회기역에서 다른 기차로 갈아타고 한 정거장 더 갑니다"
옆사람과 잠시 대화를 멈추고
맞은편에 앉아 있는 권사님을 보고
"장갑 좀 끼워주지"
"괜찮다네요"
"엄니가 여간 좋으시네"
내가 아들같이 보였나보다
장애인에게 관심을 보내고 칭찬을 아끼지 않는
어르신의 따뜻한 마음이 참 좋다
차곡차곡 성실을 쌓아가는
보기에도 아름다운 어르신

당당한 자상함이
내 입꼬리를 올린다
어머니 생각에 오래오래 같이하고 싶어
내 안에 담는다

민들레 씨앗 하나
— 신현종 문병 간다

기차가
지하철이
장애인 콜택시가
바람 되어
휠체어 탄 민들레 씨앗 하나 나른다

혼자는 도저히 갈 수 없지만
바람을 타고
강을 건너고
철길을 달려
외롭고 지친 영혼을 찾아간다

마음을 나누고
토마토 주스 한 병을 나눈다
좋기만 한 휠체어 친구
민들레 씨앗 하나 가는 곳마다
나눔과 행복이 싹튼다

어디선가 기다리는 사람을 위해
민들레 씨앗 하나 바람 탄다

날아간다
깔깔깔 웃는다

생각하기 나름이란다

시간이 꽤 지났다
길이 많이 막히나
힘들어서 도로 가신 건가
이십여 일을 감기로 고생하신 여든다섯 어머니가
쉰아홉 먹은 막내아들 보고 싶다고 오신단다
딩동
일산이 멀기는 멀구나 콜록
길은 왜 그렇게 막히는지 콜록
얼굴 본 지가 오래됐구나 콜록
잘 지냈지 콜록
별일은 없고 콜록
그러게 제가 간다고 했잖아요
다음에는 제가 갈게요
휠체어 타고 오는 너보다 콜록
내가 오는 것이 더 낫지 콜록
힘이 들긴 드는구나 콜록
가야겠다 콜록
비척거리며 일어서신다
막내아들 얼굴에 점만 찍고 문을 나서시는 어머니
못난 가슴이 아리다

이제는 제가 갈게요

힘드신데 오지 마세요

생각하기 나름이다 콜록콜록

그리울 땐 호수공원에 간다

"멀어서 자주 갈 수 없구나"
서울로 이사 가면 어떨까
어머니가 보고 싶다
아이들도 자주 올 수 있겠지
형님과 누나들도 손잡기 수월할 텐데

다치기 전부터
어머니 같던 큰누나
병원에 입원해 있을 때도
하루가 멀다 하고 찾아온 누나
장애 20년 세월에
딸들 결혼 준비하느라 바쁘고
손주 보느라 바쁘단다
날이 갈수록 거리감이 느껴진다
고향집 향기가 그립다

툭툭 털고
호수공원에나 가야겠다
허전하고 섭섭한 마음 접고
집을 나선다

안테나 주파수에 맞춰 굴러간다
고향집 뜨락 가득 퍼지는 향기 찾아
넝쿨장미 어머니 냄새 맡으러 간다

호수공원에서 1

꽃눈 내리는 벚꽃나무 아래
뒤뚱뒤뚱
넘어질 듯 넘어질 듯
벚꽃 눈사람 된 어린이집 아가들
서로 함박웃음 눈맞춘다
선생님 가슴으로
팡 까르르
팡 까르르
까르르 까르르 팡팡
한아름 봄이 안긴다

벚꽃 같은 웃음은 아니더라도
아픔 남지 않도록
끝까지 웃을 수 있도록
아가 된 노모 가슴에 안겨
꽃눈물 닦아주고 싶은 휠체어

호수공원에서 2

꽃기운에 흠뻑 빠진다
노란 꽃잎 열고 반갑게 손님 맞는 개나리
바람 손잡고 춤추는 벚꽃
수줍은 듯 무더기 무더기 홍조띤 영산홍
가까이서 먼 곳에서 사로잡는다
"여기 봐요" 찰칵
"저기 봐요" 찰칵
꽃들에 묻혀 소리가 소리를 삼킨다
꽃물결 속에 셀카봉은 길잡이다

벚꽃가지 끝에 낮달이 걸렸다
바람 불어 꽃잎이 흔들린다
낮달도 흔들린다
어머니 눈썹 같은 낮달
벚꽃 뒤에 숨어
나를 내려다본다
가만가만 내려다본다
벚나무 아래 들어가
낮달과 벚꽃대화를 나눈다
어머니가 웃는다

할머니의 기도

컴퓨터 자판기를 통기타 삼아
팅기는 개구쟁이
바나나를 껍질째 물고
짓궂게 웃고 있는 아이
고놈 잘 생겼다
할아버지는 손주가 들어 있는
스마트폰 화면을 넘긴다
허허허허
넘기고 또 넘긴다

오늘도 바나나야
할머니 볼멘소리에 코끝이 찡하다
콜롬비아 선교지에서 보내온 사진마다
손주가 쥐고 있는 바나나
글썽한 눈으로 두 손을 맞잡는다
아주 가끔씩이라도
다른 것 하나 쥐어주시기를

어머니 어머니 어머니

마혼 살도 채우지 못하고 살다
새롭게 지체장애 1급으로 태어났다
어머니의 잘못도 아닌데
아직까지 어머니 가슴은
붉은 숯덩이로 끓고 있다
대신 아플 수만 있다면
제가 돼도 괜찮다고
찬송가 후렴처럼 되뇐다
강산이 두 번 바뀌었지만
84세 어머니 사랑은
더 뜨겁기만 하다
수화기 건너
끊어질 듯 끊어질 듯 담금질하는 애절함
환갑의 막내아들 불타고 내린다
시간이 없음을 알리는가
얼른 어머니 가슴에 안겨
화닥거리는 불 꺼드리고 싶다
어머니 어머니 어머니

영화 〈채비〉를 보고

아! 달다
맛있다
지적장애아들이 만든 슈크림 크게 한 입 물고
눈물을 꾸역꾸역 삼킨다
엄마 이거 먹어
내가 만들었어
엄마 크림빵 좋아하는 거 나도 알아
얼른 먹어봐
너무도 부족하고 세상 모르는 아들
그 아들이 만들어준 크림빵
입에 넣지 못한다
가슴이 떨려 먹지 못한다
잠든 얼굴, 얼굴을 본다
떡애기 얼굴로 잠든 아들
아들아 너는 할 수 있어
꼭 해야만 해
너는 잘 할 수 있어
곧
아들 곁을 떠나야 하는 엄마의 채비
아들을 마음에 심는다

눈물로 크림빵을 먹는다
아! 달다
참 맛나다

내 엄마다

흰머리 그녀는

골목길 담장마다
빨갛게 그려놓은 듯한
넝쿨장미 앞에서
그녀가 걸음을 멈춘다
"잠깐만"
찰칵
"어때, 예쁘지"
경의로 누리길
분홍물결 꽃잔디 보고
"잠깐만"
찰칵
"정말 예쁘다"
꽃비 내리는 조팝나무 속에
휠체어 세워놓고
찰칵
"와, 멋지다"
"이 멋진 남자 조국형?"
그녀가 휠체어를 웃긴다
나이 칠십은 어디 가고
휠체어 곁에서

걷고 또 걸으며
예쁘다
멋지다
함지박 웃음 짓는 그녀

흰머리 천사다

4부

웃음빵

사랑해
팡 팡 팡
웃음은 빵이다
내 마음 살리는
희망의 빵이다
나도
사랑해
팡 팡 팡

옹이

커다란 나무가
밑동까지 잘려나간다
작은 생명 있음에
춤을 춘다
나는 뿌리 없는 나무
어둡고 캄캄하고 두려운 밤이
지속되어도
꿈을 꾼다
나는 시인이다
휠체어에서 벌떡 일어나
걷는다
굳어진 손은
디카시를 짓고
어눌한 혀는
살아 있음의 존재를
노래한다

도우미

당신의 땀방울은
시원한 생수입니다
당신의 잰걸음으로
자유의 날갯짓을 합니다
당신의 미소는
삼복더위 가운데 복달임입니다
당신은
장애를 장애로 받아들이게 해준
진정한 친구입니다

풍산역에서

손바닥만 한 담요를
무릎에 걸치고 있는 휠체어
"에그, 다리가 다 나왔네"
하얀 입김만 쏟아내는 저 휠체어
도톰한 담요로 꽁꽁 싸인 전동 휠체어
내 다리가 꿈틀꿈틀 말을 한다
내 무릎에 덮인 붉은 담요와
똑같은 담요를 꺼내
맞은편 오싹한 무릎에 덮어준다
늙수레한 눈망울이
반짝 빛난다
찢어지고 해지고 터지고
어둠에 눌려 움츠리고 있지만
무릎에서 무릎으로 전해지는
온정의 언어

그의 의족이 따뜻해진다

단비로 내린 문자

먹으러 가야 해
공부하러 가야 해
숙제도 하지 않았으면서
죄송함이 꿈틀꿈틀한다
그래도 먹으러 가야겠지
이미 정해진 거잖아
드르륵 드르륵(문자 오는 소리)
다음 주 수요일 선생님 못 오신다네요
야호!
신나게 먹으러 가는 거야
반가운 얼굴보다 더 좋은 삼계탕 마주하고
여름 물리칠 준비를 알차게 한다
몸보신하고 시원한 차와 함께
맛있는 과자까지 먹고 돌아오는 길
자꾸만 미안한 마음이 든다
수요일에는 약속이 없으면 좋겠다
먹는 일에는 빠질 수가 없잖아
그날의 그 문자
메마른 풀잎에 내린 단비였어

말이 고파요

아버지의 할아버지 같은 노인이
벤치를 옮겨 다니며 눈을
마주친다
몸무게보다 더 무거울 거 같은 파카
처마 끝 무청 같은 바짓가랑이
까만 비닐봉지를 뚫고 파란 무청도 눈을
마주친다

어디까지 가세요
이거 들어드릴까요
아닙니다 아 예 고맙습니다
허허 허허 고맙습니다
저 앞에 있는 아파트에 살아요
고맙습니다 허허 허허
보기는 멀쩡한데 다리가 아파서
허허 허허
의자만 보면 앉아요
사람들이 좋다고 해서
일산장에서 샀습니다 먹어보려고요
노인은 또 하나의 비닐 속에서

약봉다리를 꺼내 보인다
어디가 아픈지 진료를 받아야지요
그렇긴 한데 허허 허허

몇 걸음 걸으면 앉아야 하는 노인의 다리
유통기한 지난 깡통 같다
내 전동 휠체어에
번쩍 들어 태워주고만 싶은
눈물겨운 날

그를 만나고 오면서

그의 부음이 나를 불렀다
영정 사진이 반갑게 맞는다
진한 이야기 나눈 적 없지만
늘 "안녕하세요" 하던 낮고 묵직한 당신의 한마디
말없이 사진 속 당신만 바라본다
"많이 힘드시겠습니다"
"삼촌은 마지막까지 괜찮다고 했어요"
"삼촌 하늘 가는 길 외롭지 않겠네요"
당신의 조카와 손을 마주잡고 당신을 칭찬한다
돌아서 나오는데
휠체어를 위해 높은 상에 음식을 차려놓았다
"힘드신데 찾아주셔서 삼촌도 기뻐할 거예요"
위로를 받아야 할 가족들이 우리를 위한 정성이 넘친다
당신과의 아름다운 시간들을
오래오래 꺼내볼 것이다

잘하는 것은 다투기
더 잘하는 것은 화내기
나를 돌아본다
그리고 다짐한다

아름다운 사람으로 살자고
죽어서도
그처럼
아름다운 사람으로 남자고

해토

조국형 님?
수치료 자리 났는데요
지금 하실 수 있나요?
한동안 잊고 있던 전화를 받고
기쁨도 잠시
물속에 빠지면 어쩌지?
넘어지면?
나는 휠체어에 태워진 채
물속으로 빠져 들어간다
눈을 꼭 감아버린다
어머니 자궁 속 같은 따뜻함이
나를 감싼다
슬그머니 실눈을 뜨고 주위를 살핀다
휠체어는 가라앉아 있고
무거운 내 몸은 둥둥 떠 있다
어리둥절하고 신기하다
아기처럼 발길질을 한다
누워서 물장구를 치고 빙글빙글 돈다
선생님 얼굴이 커졌다 작아졌다
이렇게 좋을 수가

봄이 오면
선생님 손을 잡지 않고도
걸을 수 있을 것 같다
내 마음은 봄

촘촘한 보도블록 사이
꽃다지 어린 잎이
바람을 타고 있다

할머니의 고운 웃음

오늘은 길 건너 아파트 단지에 장 서는 날
전동 휠체어를 타고 도우미와 장 구경을 나선다
단지 안에 들어가지도 못하고
길 옆 눈밭에 쪼그리고 앉은
초로의 할머니 고운 웃음 밑에
간밤에 삶아낸 나물인 듯
한 서린 나물 한 무더기
눈물 젖은 나물 한 무더기
기다림의 나물 한 무더기
때 이른 봄볕에 맛자랑이 늘어진다

"권사님, 내일이 보름인데 나물 좀 삽시다"
"이 나물 얼마예요"
"예, 이천 원이요"
검은 비닐에 나물을 담는 할머니
앞에 놓인 자루 속에서 두어 뿌리 파를 꺼낸다
"이거 움판데 나물 볶을 때 넣어요"
나를 바라보는
할머니의 고운 웃음이
얼음을 녹여낸 햇살 같다

소리박물관에서

상자를 열자
솥뚜껑 닮은 철판이 반짝이고 있다
상자 옆구리를 간지럽히듯
손잡이를 돌린다
봄이 열린다
소리의 향기
내 마음을 두드린다
잔잔한 파문을 일으킨다
어제의 '욱'이
소리의 향기로 여물어 돌아간다
웃음이 돌아간다
슬픔이 웃음으로 돌아간다
모두의 아픔이 웃음으로 돌아간다

붕어빵 하나가

귓불을 때리는 바람에 맞설 수 없어
탄현역 모퉁이 만삭의 붕어빵집에
코를 들이민다
꼬리지느러미 털며 어서 오란다
마주치는 눈망울이 포근포근하다
황금빛 비늘옷
왕관 쓴 꼬리가 절도 있다
이열횡대 끝에 가서
나도 정렬한다
휠체어 탄 붕어 한 마리
바람을 가른다
언 몸을 녹인다

지구촌 하늘 아래

5초에 한 송이씩 스러진다
사랑이라는 것은
비록
부스러기 같은 인생일지라도
함께한다면
저들과 함께 나눈다면
꽃은 피어나리
다시 피어나리

참 자유

작은 공동체에
지팡이를 짚고 뒤뚱거리는 사람
편마비로 손이 오그라드는 사람
하체를 못 써 휠체어에 앉아 있는 사람
각기 모습이 다른 사람들
목소리 생각들도 다 다르다
때로는 다른 것들로 시끌벅적 난리난리다
그 모양도 소리도
각기 다른 악기가 모인 오케스트라처럼
지휘자의 손놀림 따라 고운 하모니를 내듯
서로 다른 우리도
행복한 글쓰기 선생님의 지도를 받고
눈물 나는 말 가슴 저린 생각들로
한 올 한 올
얼어붙은 마음 녹여주는 글로
살아난다
불편한 중에도 우리는 참 자유다

정신의 삶과 자유로의 열망
— 조국형의 시집을 중심으로

김선주/ 문학평론가, 건국대 교수

1.

살을 깎아지르듯 수식을 밀어내는 시어들을 드물게 만난다. 운 좋게도 나는 가까운 시기로부터 거듭해 몇 번이나 그런 시적 공간 속을 유영해 보았다. 투명하게 되비치는 언어의 내부에 끈질긴 열정까지 깃들어 있다.

한편으론 날것 그대로의 창백한 얼굴이 앙상한 해골만 남은 듯 서늘하다. 애처로운 민낯은 결코 시적 심상의 빈곤함을 가리키지 않는다. 도리어 얼굴 중앙에서 되쏘는 예리한 시선이 삶의 진짜 제스처를 드러낸다. 꾸며지지도 과장되지도 않은 채, 생의 연극을 온몸으로 부정하느라 어깨를 늘어뜨리고, 관성의 법칙을 몸소 재현한다.

그런 시세계에 움막을 친 시인들을 망설임 없이 혁명가라 부르겠다. 그들은 호소하기 위해 불가피한 장식의 행렬을 과감히 도려내 고요하게 부르짖는다. 시인에게 말을 깎는다는 것이 제 살을 도려내는 것이 아니고 뭐겠는가. 간절하되 들뜨지 않는 것이야말로 어려운 일이다. 이번에 만난 이 한 권의 시집을 비롯해 그들의 시세계가 사상의 빛바랜 궤적을 상기시킨다.

마치 광활한 밤하늘에 갇혀 잦아들던 별처럼 사그라진 사유의 흔적들이 존재한다. 한때 빛나는 왕관으로 특유의 고뇌하는 두상을 한층 돋보였던 적도 있었다. 이성과 과학을 꾸짖는 위엄을 누렸고, 잔혹 행위들을 폭로하느라 맨살을 따가운 광명에 버젓이 내놓던 때도 있었다. 머리는 세월에 짓눌려 작아졌고 푹 눌러쓴 왕관은 빛이 바랬다. 가끔씩 역사의 부름을 받고 우리 앞에 초췌한 얼굴을 내민다. 한마디로 허기만 겨우 달래며 근근하게 생을 버텨왔다.

말 그대로 그들은 꿋꿋이 버텼다. 절대 갈기갈기 찢어놓을 수 없는 끈질긴 무언가가 그들 내부에 숨쉬고 있었다. 전 작품을 통해 서사문학 지평에 웅장한 시적 도약을 수놓은 카프카는 이렇게 밝히고 있다. "인간의 마음엔 절대 파괴되지 않는 것이 들어 있다." 이 말을 통해 생각한다, 모든 사상의 심연은 불멸하는 불꽃을 지닌다. 특히 인간 조건의 한계와 극한적 고뇌를 다루느라 타협을 불사했던 실존 의식은 모든 사상의 뿌리로 화했다.

진정한 자유란 불합리에 길들지 않고 두려운 대상을 똑바로 응시하는 용기다. 카뮈가 이렇게 말했다. 조화라는 최면에 걸려 행복하다고 믿고 있을 때 허무는 소리 없이 자살을 종용해온다.

존재의 근거로부터 삶의 긴장을 날개처럼 달고 천성을 기꺼이 누리려는 시인을 사랑한다. 그들의 계보에 이 한 권의 시집을 추가한다. 조국형도 굴종하지 않고 절대 무너뜨릴 수 없는 무기를 심연에 간직했다. 그렇듯 그는 자유의 고민을 정신의 삶에서 찾고 있다. 그는 시를 통해, 고요하게 떨리는 풀과 같은 생을 펼쳐 보인다. 내면의 진동과 시적 대상들의 지치지 않는 교감으로 '시'를 길어낸다.

그의 시는 탄식과 비탄의 어조로 채색한 일상의 곤란을 자유의 희망으로 변증한다. 인간적 불행을 희망으로 바꾸기 위해 붕대 같은 말들을 낭비할 필요가 없다. 상처를 조이기보다 불가피한 흐느낌을 다른 무엇, 시로 승화시키는 일에 집중한다. 그의 상처는 아름답지 않다. 대신 상처를 똑바로 응시하고 절대 미화시키지 않는다. 누군가는 견뎌내는 법을, 상처에 무언가를 덧대려하는 데에서 찾을 때, 상처의 진면목을 담담히 드러낸다. 조국형 시세계의 '인간'이라고 하는 작은 존재의 시학이다.

2.

조국형의 시세계는 자유를 '응시하기'의 방법으로 표현하고 있다. 육체적 부자유가 궁극에 선택한 가장 미학적 운동으로써 이 바라봄의 행위는 타자적 사물의 세계를 생동하는 대상으로 바꿔놓는다. 그렇기에 조국형의 시들은 주체와 타자의 기초적 관계를 규칙적으로 보여준다. 즉 부

자유한 주체, 사물의 세계, 주체와 사물의 융합에서 빚어
진 특정한 생동 양태가 삼중주처럼 유지된다.

아직
코끝에 칼바람이 스쳐지나가는
이월 어느 오후
눈부신 햇살이
무거운 설움에 지친
나를 부른다
양지바른 처마 밑에
휠체어를 맡긴 채
햇살의 따스함에 봄을 품고
돌같이 단단한 마음을 벌려놓는다
똑
똑
똑
무릎 위로 눈물이
똑
똑
똑
빛나는 햇살은 내 마음을 녹이고
지붕 위의 눈도 녹여준다
혹독한 시련을 잘도 견뎌준 지붕 위의 눈이
생명을 받고 눈물을 흘린다

똑 똑 똑 똑도도도독 주르륵

생명의 찬가

새 봄의 향연이 흐른다

—「처마 밑에서」 전문

위 시에서 나타나는 "휠체어"는 조국형의 시세계에서 거의 빠지지 않는 모티프다. 주체는 휠체어를 통해 자유를 누리지 못하는 존재 조건을 드러낸다. 이 정적 대상은 부자유를 상징하는 동시에 불가항력을 부각시켜 화자의 견고한 의지를 형상화한다.

조국형의 '응시하기'는 상처로서의 기제이고, 시어들의 생산을 도맡는 중요한 동력이다. 즉 주체로부터 응시의 대상을 시적 메커니즘으로 작동하게 돕는 중요한 매개체다. 이 시는 응시 대상을 '눈물을 흘리는 존재'로 인격화, 의인화시킨다. 녹아가는 "지붕 위의 눈"이 화자의 시선을 통해 눈물로 이미지 변주를 거친다. 다시 말해 주체(화자)와 눈(사물)이 응시하기로 인해 융합하고 생명적 존재로 거듭나고 있다.

바로 여기서 조국형의 시적 방법이 특별함을 갖는다. 시 전체의 우울한 기조가 응시하기의 자정작용을 거쳐 사물들이 약동하는 희망의 운율로 뒤바뀐다. 그런데 응시하기란 화자가 자기의 내적 세계를 자성케 하는 기능의 확장을 보인다. 연이어 "무거운 설움에 지친" "돌같이 단단한 마음"을 "생명의 찬가"로 발전시킨다.

「휠체어가 춤춘다」는 응시하기의 내적 자정작용을 통한 자성의 순간을 분명한 형태로 표현하고 있다.

> 만선 깃발 나부끼는 고깃배 춤을 춘다
> 불덩이가 물을 박차고 솟구쳐오른다
> 금가루 같은 빗살이 영금정으로 쏟아진다
> 마비된 세포들을 찌른다
> 원망 불평 두려움 미움이 녹아내린다
> 하늘이 춤춘다
> 바다가 춤춘다
> 휠체어가 춤춘다
>
> ─「휠체어가 춤춘다」 부분

위의 시에서 "춤"은 화자와 대상의 관계를 드러내는 단적인 표현 방법이다. 여기서 "하늘" "바다" "고깃배" 등은 사물의 세계에 속하는데, 화자의 응시를 통해 "춤"추는 존재로 살아난다. 반대로 사물들의 율동은 화자의 내적 질서를 정리하고 정신 영역에서의 감동적 층위를 열어 보인다. 즉 사물의 생명을 얻는 과정이 주체와 대상의 화해의 장으로 옮아가는데, "원망 불평 두려움 미움"이 녹아 주체와 대상이 더불어 춤춘다.

때로 '응시하기'는 페이소스의 성질을 띤다. 화자의 내적 감흥 정도에 따라 세계와 대상의 형체가 다듬어진다. 이런 심리적 구조가 '눈' 혹은 '시선'의 묘사를 통해 나타난다. 이 시에서 사물의 춤은 젖은 눈의 환유인데, 화자가 흘리고 있다고 추정되는 눈물의 정체가 세계의 시적 율동을 조성하는 것이다. 「처마 밑에서」는 눈물을 흘리는 눈동자의 형상을 직접적으로 표현하고 있다. "똑/똑/똑" 무릎 위로 떨어지는 연속적인 눈물의 형태를 통해 대상을 시로 승화시킨다.

이처럼 조국형의 시적 작업은 내면에 사물의 궤적을 그려내는 일이다. 마치 화수분을 지닌 듯 끊임없이 시적 대상을 고양시킨다. 시를 통한 극기와 시적 자유는 정신의 삶에서만 가능한 듯하다. 외계로부터 끌어온 대상이 사물의 탈을 벗고 되살아나는 풍경은 그 내적 공간에서만 가능하기 때문이다.

조국형은 다음의 시들에서 정신의 삶을 통해 더 깊이 내면화된 이미지들을 보여준다. 그 풍부한 시적 대상들이 누구나 희구하는 지복의 공간, 이상적 세계관을 상징하고 있다.

3.

시인은 과거로 초점을 옮겨 자유와 응시의 인과적 관계를 일관되게 진술한다. 즉 외적 사물의 개입을 최대한 절제하고, 정신의 순수한 상태를 시로 옮기려는 노력을 보인다. 화자의 마음속 궤적을 따라 떠도는 타자의 그림자들은 순수한 정신적 산물이다. 라캉에 의하면 타자에 대한 갈망은 그로부터 구속되길 합의한다는 뜻이다. 조국형은 오래된 과거로부터 길어올린 자기 자신까지도 타자로 형상화한다. 그렇기에 그가 말하는 인간관계란 종속적 대상들의 집합일 수 없는 것이다.

책갈피 속에 멈춰 있는 지난 이십 년

잃어버린 감각

잃어버린 추억

잃어버린 사랑

무주 구천둥 계곡에 내 발과 함께 있다

사진 속 발가락이 꼼지락거린다

찌릿찌릿 전기가 통한다

걷고 싶다

다시 그 계곡에 아들과 딸과 발을 나란히하고 싶다

흘러간 시간 되돌릴 수 없지만

멈추고 싶지 않아

네 바퀴로 걷는다

갈급한 목마름

광야 한가운데 서 있지만

발가락 끝에 집중된 감각

온몸으로 굴린다

—「끝까지 사랑한다」전문

과거란 "잃어버린" 대상이 온전했던 시절을 가리킨다.

이 시에서 "휠체어"는 "바퀴"로 간접 지시되고, "네 바퀴로
걷는" 현재 상태가 과거의 시간과 대조를 이룬다. 이처럼
대조적 이미지는 과거의 '나'와 현재의 '나'로 주체를 분열
시킨다. 다르게 표현하면 과거에 살아 있는 이미지로서의
'나'와 현실에서 실재로서의 '나'로 구분된다. 화자는 이 양
분된 자아를 통해 자기 자신조차 타자화한다. 그렇기에 시
자체에서는 타자와 주체를 나누는 라캉적 수직 관계가 무
의미한 것이다.

바로 이 점이 조국형의 시세계에서 관계란 상대적인 고
착상태가 아님을 말해준다. 과거를 통해 소환하는 대상들
을 의도적으로 아들과 딸이라는 혈육에 한정짓는데, 여기
엔 시인이 지향하는 이상향적 세계의 모티프가 들어 있다.
즉 시인은 타자적 경계를 허물고 나와 너의 일체화를 꿈꾸
는 것이다. 이러한 시인의 열망은 그들 가족들의 과거에
공간성을 주입한다. 그로 인해 과거라는 회복될 수 없는
시간성이 구체적인 사물로 재현된다. 즉 이상향적 세계로
형상화되고 있다.

무수한 "감각" "추억" "사랑"과 같은 관념어들은 과거의
이상향적 성질을 고스란히 담는다. 감각을 "온몸으로 굴린
다"는 표현은 과거가 이상화되어 동경의 대상으로 화하는
순간을 적나라하게 비춘다. 화자는 부동의 자세를 취하고
"책갈피 속에 멈춰 있는 지난 이십 년"이란 요약된 세계로
의 비상을 꿈꾼다.

「새하얀 눈밭을 바라보며」에선 유년 시절을 이상화하여

유토피아적 세계를 형상화하고 있다. 시인은 천진난만한 아이들과 흰 눈을 통해 순정한 유희의 시공간을 복원한다. 온 세상이 하얗게 뒤덮인 겨울 풍경이 시계를 가득 메우며 화자의 시선을 내면의 과거로 옮겨가게 한다.

밤새 내린 눈
아파트 자동차 모든 물상을 삼켜버렸다
나무들은 눈부시도록 흰 옷을 입었고
두 팔을 늘어뜨린 휠체어
가파른 언덕에 서서
언 발을 동동거린다

동네 아이들 모두 나와
썰매 탈 때
손에 손 잡고 굴러떨어지는 아이들
웃음소리 데구루루 굴러
땅바닥에 반짝인다

미끄러지고 넘어지고
눈밭에 벌렁 드러누워
하늘을 끌어안고
언 손 호호 불면서
자지러지게 웃던
유년의 내 모습을

창밖 눈 속에서 찾는다

눈밭에서 뛰놀던 기억들
휠체어에 앉은 오십대 중년의 눈시울이
부석부석해진다

— 「새하얀 눈밭을 바라보며」 전문

이 시에선 기억 속의 유년과 현실의 아이들이 시공을 뚫고 공동의 타자로 솟아오른다. 자유라는 공통 감각을 통해 과거(어린 화자)와 현실(썰매를 타는 동네 아이들)이 일체화한다. 대신 화자는 그들로부터 소외되어 부자유의 세계에 머물러 있다. 이 상반된 두 주체의 형상은 각각 환희와 상념의 세계로 표상된다.

환희의 세계는 "웃음소리" "썰매" "눈밭" "하늘" 등의 맑고 동적인 심상들로 채색되었다. 반면 화자가 머무는 상념의 장소는 "가파른 언덕" "언 발" "기억들" "휠체어" "중년의 눈시울" 등 슬픔의 정적 어조로 묘사되고 있다. 이렇듯 눈에 띄게 변별된 이미지 구조는 유년의 이상화를 동인하는 시적 기능을 맡는다.

총 4개의 연으로 구성한 이 시의 외연을 눈여겨볼 만하다. 2연과 3연은 시의 흐름을 책임진 주체를 아이들로 한정하고 있다. 1연과 2연은 현실의 부자유한 화자가 시어들을 통솔한다. 즉 각각의 단위별로 배치된 연들은 1연과 4연 사이에 경계를 형성하며 화자의 실질적 형상을 시의 시작과

끝에 분리해놓았다. 이 점이 유년을 동경하는 화자의 현재 심적 상태를 극대화하고, 정적 세계의 밀도를 높여간다.

아이들의 동적 세계는 끊어지지 않는 조화로운 시간 의식을 드러낸다. 언뜻 보면 아이들이 주체로 활동하는 2연과 3연은 공통의 시간성을 누리는 듯하다. 2연에서 현실 속 동네 아이들의 동태는 시간의 저편에서 이쪽(텍스트, 시)으로 건너온 어린 화자의 썰매 타는 동작과 무리 없이 이어진다. 2연에서 "손에 손 잡고" "웃음소리 데구루루" 반짝거리는 "땅바닥"을 뒹구는 아이들이, "눈밭에 벌렁 드러누워/ 하늘을 끌어안고" "언 손 호호" 부는 어린 화자의 행동과 자연스레 접합되고 있다. 이러한 동적 시간성의 형식을 통해 과거와 현실이 중복되고 얽혀 아이들의 세계는 초월적 시간 의식을 형성한다. 화자의 분방한 시선이 현실과 기억 이미지를 넘나들며 유년의 시공간을 유토피아적 세계로 확장한다.

시인은 지치지 않고 투철하게 자유를 갈망하는 자가 보내는 응시의 힘을 순결한 내면세계로 옮겨간다. 그렇게 평범함의 탈을 벗겨낸 일상의 시간성을 통해 시의 이상향을 보여준다. 그의 자유를 향한 시적 호소가 궁극에 닿으려 하는 지점은 치유와 회복의 시간이다. 다음의 시들에서 시가 본질적으로 내비치는 치유의 힘이 차분한 어조로 나타난다. 치유의 시어들을 통해 시에 대한 통찰을 담아낸다.

4.

다음의 시들에서 체념적 관조 의식과 자유의 열망이 겸 허한 교감의 시어들로 전환하는 풍경을 발견한다. 조국형 의 시세계에서 응시하기의 시적 대응은 피동적이고, 거기 서 발생하는 자유의 열망이 운명적 열패감을 드리운다는 점을 간과할 수 없다. 그렇기에 혹자는 그의 시들로부터 현실에 대한 소극적인 고뇌의 인상을 받을 수도 있다.「민 들레 씨앗 하나」는 그런 비극의 포즈를 겸허한 기도로 바 꾸어놓는다.

이 시에서 중요한 포인트는 타자에 대한 시선의 성격이 다. 그동안 나타난 바대로 이 시 역시 타자와 주체라는 기 초적인 관계 미학을 근간으로 삼는다. 대신 타자에 닿으려 는 열망과 의지가 더욱 강화되어 나타난다. 즉 시인이 초 월적 극기의 시어들을 소환하고 있다고 할 수 있다. 지배 와 억압으로 작동하는 현실의 규범을 초월하고 모든 대상 들을 탈공간화한다. 거기서 시인은 벽과 같은 현실 대상을 용감히 통과하고 있다.

기차가

지하철이

장애인 콜택시가

바람 되어

휠체어 탄 민들레 씨앗 하나 나른다

혼자는 도저히 갈 수 없지만

바람을 타고

강을 건너고

철길을 달려

외롭고 지친 영혼을 찾아간다

마음을 나누고

토마토 주스 한 병을 나눈다

좋기만 한 휠체어 친구

민들레 씨앗 하나 가는 곳마다

나눔과 행복이 싹튼다

어디선가 기다리는 사람을 위해

민들레 씨앗 하나 바람 탄다

날아간다

깔깔깔 웃는다

—「민들레 씨앗 하나」 전문.

이번 시에서 슬픔의 어조는 "혼자서는 도저히 갈 수 없"다는 존재론적 PR로 절제되어 있다. 부자유한 자기 상태가 민들레 씨앗이란 대상과 결합해 시적 활동력을 발휘한다. 화자는 자기 자신의 인간적 주체를 민들레 씨앗에게 전이하여 이중의 환유 장치를 드러낸다. 즉 화자와 민들레 씨앗이 주체성을 상호교환하는데, 인격적 존재가 민들레 씨앗으로, 민들레 씨앗이 인간으로 이미지 상승을 이룬다.

이러한 활동력은 극대화한 환유 기능을 드러내며 풍부한 시적 이미지를 소환한다. 화자가 뚫고 갈 수 없는 고체화의 사물들은 투명한 "바람"으로 이미지 변형을 겪게 되며, 화자의 부자유를 해소하고 무궁무진한 행위의 가능성을 연다. "기차" "지하철" "장애인 택시" 등은 "휠체어 탄 민들레 씨앗"을 강과 철길을 가로지르는 경이의 주체로 발전시킨다.

이처럼 교환 관계에서 빚어지는 시적 환유는 민들레라는 이미지의 탈공간화를 성공적으로 그려낸다. 궁극에는 기다림을 상징하는 민들레라는 시어가 화자로부터 "어디선가 기다리는 사람", 즉 또 다른 타자들을 상징하는 기능으로까지 확장한다. "외롭고 지친 영혼"의 타자를 향한 간절한 기도로 "나눔과 행복"의 교감을 들려준다.

표제시 「어머니 어머니 어머니」는 아픔을 교감하는 어머니와 화자를 통해 주체의 타자화 또는 타자의 주체화를 시적 기능으로 획득하고 있다. 어머니의 존재는 텍스트에 직접 드러내지 않는 화자의 심리를 지시해준다. 반대로 아들인 화자는 어머니의 아픔을 통해 자신의 상처를 내면화한다. 이처럼 주체와 타자 관계를 배경으로 하여 재전이되는 아픔의 순환구조가 시의 운율을 심화시킨다.

마흔 살도 채우지 못하고 살다
새롭게 지체장애 1급으로 태어났다

어머니의 잘못도 아닌데

아직까지 어머니 가슴은

붉은 숯덩이로 끓고 있다

대신 아플 수만 있다면

재가 돼도 괜찮다고

찬송가 후렴처럼 되뇐다

강산이 두 번 바뀌었지만

84세 어머니 사랑은

더 뜨겁기만 하다

수화기 건너

끊어질 듯 끊어질 듯 담금질하는 애절함

환갑의 막내아들 볼타고 내린다

시간이 없음을 알리는가

얼른 어머니 가슴에 안겨

화닥거리는 불 꺼드리고 싶다

어머니 어머니 어머니

— 「어머니 어머니 어머니」 전문

위 시에서 "대신 아플 수 있기를" 바라는 어머니의 마음
은 화자의 심적 상태를 포섭한다. 어머니의 "붉은 숯덩이"
로 상징되는 마음 상태는 화자의 정신세계를 가리킨다. 이
렇듯 아픔은 두 대상 모두의 것이고 그 상처를 통해 타자
와 주체의 구조를 해소시키고 있다. 즉 이 시에서 눈에 띄
는 점은 주체와 주체 간 관계로의 변용이다. 아픔이 존재

를 주체화하는 기제로 작동하며 어머니와 아들은 대등하게 생을 교감한다.

마지막 연에 나타난 두 주체의 통화 장면은 아픔의 순환을 극명히 드러낸다. 수화기 저편으로부터 전해지는, 어머니의 "끊어질 듯 담금질하는 애절함"이 화자 자신의 볼을 흐르는 눈물로 전환하고 있다. 이 아픔의 순환이 화자를 통해 "화닥거리는 불 꺼드리고 싶다"는 타자에 대한 치유와 회복의 염원으로 확장된다.

조국형은 운명의 세계관을 찌르고 있는 패배 의식을 타자와 교감의 열망으로 정화시킨다. 그의 '타자를 향한 공존과 그 안에 깃든 자기 자신의 치유에 대한 모색'이 가리키는 점은 자명하다. 시란 연약한 주체의 피동성을 용감한 도전자의 투쟁하는 포즈로 바꾸고 그 안으로부터 존재의 울림을 되찾으려는 행위다. 그리고 자연과 세계, 사회로부터 사물 전체를 최대한 시적 대상으로 승화시켜 관계의 미학을 회복시키는 것이다.

Bookin 시선
어머니 어머니 어머니

지은이_ 조국형
펴낸이_ 조현석
펴낸곳_ 북인
디자인_ 푸른영토

1판 1쇄_ 2019년 12월 12일
출판등록번호_ 313 - 2004 - 000111
주소_ 121 - 842 서울 마포구 서교동 467 - 4, 301호
전화_ 02 - 323 - 7767
팩스_ 02 - 323 - 7845

979-11-6512-002-3 03810

이 도서의 국립중앙도서관 출판예정도서목록(CIP)은
서지정보유통지원시스템 홈페이지(http://seoji.nl.go.kr)와
국가자료종합목록시스템(http://www.nl.go.kr/kolisnet)에서
이용하실 수 있습니다. (CIP제어번호 : CIP2019047084)